帶我去嘛！

筒井賴子 文　　林明子 圖　　游珮芸 譯

玲玲在玩的時候，

哥哥想從房間偷偷溜出去。

玲玲拉住哥哥。

「哥哥，你要出去玩啊？

我也要去。」

「不行！你很煩耶！
玲玲不是有小妹妹了？」
哥哥抓起玲玲的洋娃娃，
想要拿給玲玲。
「啊！不要碰她！
小妹妹剛剛才睡著耶！」

「你看啦， 你把小妹妹吵醒了。 她好可憐唷……。
乖乖、 乖乖……。」
玲玲在哄洋娃娃睡覺的時候，
哥哥偷偷從房間溜了出去。

玲玲跑去追哥哥。

「哥哥，等我！我也要去。

不要丢下我！」

「真是的！ 好吧， 今天就算了。
我不出去了……。 來看書好了。」
哥哥開始看書。

「哥哥， 你不出去了？ 真的嗎？
好吧， 那我也不出去了。 來看書好了。」

玲玲也開始看書。
「從前、 從前，
有一個老爺爺……」

玲玲有點睏了。
當玲玲迷迷糊糊快睡著時，
哥哥又想偷偷
溜出去。

玲玲突然醒了過來，
把哥哥逮個正著。
「哥哥，我也要去！
帶我去嘛！」

「好啦好啦，真拿你沒辦法。帶你去吧。」
哥哥終於投降了。
「路上不可以說你要尿尿唷。」
「好，那我現在先去尿尿，等我。」

「你看，我會自己穿鞋子了！
不要丟下我。」

好了，出發。

「哥哥，快點、快點！」

玲玲興高采烈的跑了起來。

既衝突又親愛的手足之情　　莊世瑩 | 童書作家

筒井賴子和林明子於 1976 年首度合作了《第一次出門買東西》，出版後深獲好評，至今仍是日本跨越世代的「國民愛書」。這對善於表現兒童日常生活的黃金拍檔，總共合作了六本書，在 1981 年出版的《帶我去嘛！》，是她們第四度的合作。

筒井賴子原任職於廣告公司，在三個孩子陸續出生之後，這位全職媽媽滿懷人母的心情，全心觀察自己的小孩，以他們為角色原型，寫下富含生活氣息的故事，並隨著孩子的成長，她的故事展現出不同年齡階段的行為和身心變化。

《帶我去嘛！》生動的上演了一齣妹妹和哥哥的互動喜劇。一個夏日的午後，哥哥想趁著妹妹不注意的時候，悄悄獨自出門去捉昆蟲，沒料到接連三次，都被機智的妹妹逮個正著，這「三出三擒」的情節，猶如三幕劇的結構層層推進，雖然只是生活中平凡的事件，卻充滿了諜對諜的張力。

這個「愛哭愛跟路」的妹妹，不斷的央求哥哥帶她一起出去玩，筒井賴子運用簡潔明朗的文字，展現小小跟屁蟲勇敢爭取和鍥而不捨的決心，以及表達哥哥從不耐煩到接受小跟班同行的心情轉折，細膩又幽默的敘寫手足之間既衝突又親愛的感情，同時為兩個角色發聲，引發讀者從不同立場做換位思考。

林明子以純淨的色彩和完美的線條勾畫出童年的形象，清新靈動的畫風準確的把握住兒童的特點和情緒感受，精妙的描繪出孩子的神態和動作，妹妹可愛和耍賴的舉止，

哥哥最初嫌棄到最後憐愛妹妹的眼神，林明子快樂的運筆節奏，將濃厚溫暖的兄妹之情體現得淋漓盡致。

她還在圖畫中埋藏了豐富的細節，無論是房間的陳設、牆壁上的塗鴉，還是妹妹的家家酒玩具、布偶和書本，這些充滿生活感的物件極易喚起小讀者的共鳴。從書封和書背的插畫中，妹妹終於戴上了藍帽子，手拿著捉到蜻蜓的捕蟲籠，臉上掛著滿足的笑容，雖然我們只能想像他們在戶外遊歷的過程，卻真確的感受到他們的幸福。

林明子曾說過，在繪本創作中，圖和文的關係就像雞蛋湯，一開始蛋白是蛋白，蛋黃是蛋黃，但是成書後，蛋黃和蛋白就融為一體了。她的圖畫擴充了文本，讓筒井賴子心甘情願刪減了自己的文稿，成為更精練、更親近孩子的繪本語言。

兩位文圖作家溫柔專注的凝視著兒童真實的生活，這些簡單而熟悉的故事幾乎日日在身邊上演，她們卻能捕捉到孩子重要的溫馨時刻，不僅得到孩子的同情和理解，這一本充滿心的力量的好書，
也同樣讓與孩子共讀的大
人樂在其中。

作者　筒井賴子

1945 年日本東京都出生。著有童話《久志的村子》與《郁子的小鎮》，繪本著作包括《第一次出門買東西》、《佳佳的妹妹不見了》、《佳佳的妹妹生病了》、《誰在敲門啊》、《去撿流星》、《出門之前》、《帶我去嘛！》等。

繪者　林明子

1945 年日本東京都出生。橫濱國立大學教育學部美術系畢業。第一本創作的繪本為《紙飛機》。除了與筒井賴子合作的繪本之外，還有《今天是什麼日子？》、《最喜歡洗澡》、《葉子小屋》、《麵包遊戲》、《可以從 1 數到 10 的小羊》等作品。自寫自畫的繪本包括《神奇畫具箱》、《小根和小秋》、《鞋子去散步》幼幼套書四本、《聖誕節禮物書》套書三本與《出來了 出來了》，幼年童話作品有《第一次露營》，插畫作品包括《魔女宅急便》與《七色山的祕密》。

譯者　游珮芸

寫童詩也愛朗讀詩。常早起到海邊、湖邊看日出、散步，也喜歡畫畫、攝影。覺得世界上最美的是變化多端的朝霞和雲彩。臺大外文系畢業、日本御茶水女子大學人文科學博士，任教於臺東大學兒童文學研究所，致力於兒童文學／文化的研究與教學，並從事兒童文學相關的策展、出版企畫、創作、翻譯與評論。

國家圖書館出版品預行編目 (CIP) 資料

帶我去嘛！/ 筒井賴子文；林明子繪；游珮芸譯.
-- 第一版. -- 臺北市：親子天下股份有限公司, 2023.06
32面；21x20公分. --（繪本；326）
國語注音
譯自：おいていかないで
ISBN 978-626-305-476-9（精裝）

861.599　　　　　　　　　　　　　　　　112005598

AYAKO AND HER BIG BROTHER

Text by Yoriko Tsutsui © Yoriko Tsutsui 1981

Illustrations by Akiko Hayashi © Akiko Hayashi 1981

Originally published by Fukuinkan Shoten Publishers, Inc., Tokyo, Japan, in 1988 under the title of "おいていかないで"

Complex Chinese rights arranged with Fukuinkan Shoten Publishers, Inc., Tokyo

繪本 0326

帶我去嘛！

文｜筒井賴子　圖｜林明子　翻譯｜游珮芸

責任編輯｜張佑旭　美術設計｜林子晴　行銷企劃｜翁郁涵、張家綺
天下雜誌群創辦人｜殷允芃　董事長兼執行長｜何琦瑜
媒體暨產品事業群
總經理｜游玉雪　副總經理｜林彥傑　總編輯｜林欣靜　行銷總監｜林育菁　副總監｜蔡忠琦　版權主任｜何晨瑋、黃微真

出版者｜親子天下股份有限公司　地址｜台北市 104 建國北路一段 96 號 4 樓
電話｜（02）2509-2800　傳真｜（02）2509-2462　網址｜www.parenting.com.tw
讀者服務專線｜（02）2662-0332　週一～週五：09:00~17:30
傳真｜（02）2662-6048　客服信箱｜parenting@cw.com.tw
法律顧問｜台英國際商務法律事務所‧羅明通律師
製版印刷｜中原造像股份有限公司
總經銷｜大和圖書有限公司　電話：（02）8990-2588

出版日期｜2023 年 6 月第一版第一次印行
2024 年 3 月第一版第三次印行
定價｜350 元　書號｜BKKP0326P　ISBN｜978-626-305-476-9（精裝）

―――――――――――――――― 訂購服務
親子天下 Shopping｜shopping.parenting.com.tw
海外‧大量訂購｜parenting@cw.com.tw
書香花園｜台北市建國北路二段 6 巷 11 號　電話（02）2506-1635
劃撥帳號｜50331356　親子天下股份有限公司

立即購買 >